不完美俱乐部

〔意〕亚历山德罗 · Q. 费拉里 / 著

〔意〕埃莉萨 · 帕加内利 / 绘

窦兆娜 张婷婷 / 译

GUANGXI NORMAL UNIVERSITY PRESS

广西师范大学出版社

· 桂林 ·

"我们去理发吧！"一天早上，妈妈突然说。

伊德里斯一听，立刻脸色苍白，浑身发抖。

“不要，拜托了！我不想理发！”伊德里斯央求道。

然后，他开始做出各种保证："我会把卧室收拾得干干净净，我会成为班里最好的学生，我不会在生日那天要玩具……嗯，也许只要一个，很小的一个！"

　　"好了，别说了！你的头发太长太乱了！"妈妈说道。

在理发店，伊德里斯又向理发师央求："求求你，不要剪我的头发，斯皮诺先生！我会每天给你买冰激凌，帮你扫地，还会给你的猫咪哈蒂梳毛！"

卓越儿童
美发师
俱乐部

但是所有的央求都没用。斯皮诺先生是卓越儿童美发师俱乐部的创始人，非常在乎自己的声誉，所以……

咔嚓
咔嚓

伊德里斯的卷发一绺一绺地落在地板上，然后……很快，一对大大的招风耳露了出来！

伊德里斯看着镜子里的自己，皱起了眉头。

"现在，我的同学都该嘲笑我了！"他说。

"没有人会嘲笑你的，亲爱的！"
妈妈安慰他说。

但伊德里斯知道那是不可能的。

他认识三个不太友好的女孩，她们肯定等不及要嘲笑他了。

三个女孩分别叫宝拉、辛齐娅和瑟琳娜。

第二天，伊德里斯戴着爷爷的耳罩去上学，以防万一。

"你头上为什么戴个这么滑稽的东西？"朋友西蒙娜问他。

"我的耳朵受伤了！"伊德里斯回答。

宝拉她们都没有注意到他，这招奏效了！

接下来的几天，伊德里斯戴着滑雪面罩，

一顶旧泳帽，

甚至他的自行车头盔去上学！

但是老师不高兴了。

"我的教室里没有危险，"她说，"请马上把那东西摘下来！"

伊德里斯不认同老师的话，他感到非常害怕，但是……他还是照老师说的做了。

当他摘下头盔，那一对大大的招风耳就弹了出来。宝拉、辛齐娅和瑟琳娜立马哈哈大笑起来。

她们整天嘲笑他。

"伊德里斯耳朵大，
接收信号顶呱呱！"她
们唱道。

"伊德里斯耳朵大，
好似风筝飞上天！"

"伊德里斯耳朵大，擦鼻涕
呀真方便！"

晚上，伊德里斯躺在床上努力让自己入睡，
却仿佛还能听到她们烦人的声音。

学校的储藏室是他唯一能逃离那些声音的地方。躲在那些魔法城堡般的破旧桌椅之间，伊德里斯不再为自己的耳朵感到烦恼。

嘤～嘤～

有人在哭！

"谁在那里？"
伊德里斯问道。

是拉法埃拉！还有罗伯特、萨娜、伊尔玛和
卡洛塔！

"我们躲在这里，是因为不想被宝拉她们嘲
笑。"他们解释道。

"她们为什么嘲笑你们呢？"伊德里斯问道。

在他看来，他们完全正常。

"我'X'型腿！"拉法埃拉解释。

"我太高了！"
萨娜说。

"我鼻子大！"罗伯特说。

"我一说话就脸红。"
卡洛塔低声说。

"我太矮了！"伊尔玛嘟囔道。

现在，伊德里斯不再是一个人了。

"我们为什么不创建一个俱乐部呢？"他说，
"像卓越儿童美发师俱乐部一样！"

大家都觉得这是一个好主意。拉法埃拉提议，
不如就叫它"不完美俱乐部"。

不完美
俱乐部

不完美
俱乐部

1.

2.

3.

4.

伊德里斯写下了第一条规则：想要加入俱乐部，至少要有一个缺点！

很快，他发现所有的孩子或多或少都有不完美的地方，比如歪鼻子、扁平足或大舌头。一天之内，几乎所有的学生都加入了俱乐部！

除了那三个完美女孩。

宝拉、辛齐娅和瑟琳娜好像没什么缺点，她们试着伪造出缺点，以免不合群。

　　但是，没有人相信她们。

　　"别担心！"伊德里斯说，"继续找！我敢肯定你们也有缺点！"

我喜欢这个故事，因为……

不完美俱乐部
Bu Wanmei Julebu

出版统筹：伍丽云
质量总监：孙才真
责任编辑：窦兆娜 张婷婷
责任美编：邓　莉
责任技编：马其键

著作权合同登记号桂图登字：20-2025-004 号

图书在版编目（CIP）数据

不完美俱乐部 /（意）亚历山德罗·Q.费拉里著 ；
（意）埃莉萨·帕加内利绘；窦兆娜，张婷婷译.
桂林：广西师范大学出版社，2025.4. --（魔法象）.
ISBN 978-7-5598-7879-3

　Ⅰ. I546.85
中国国家版本馆 CIP 数据核字第 2025K6P997 号

广西师范大学出版社出版发行

（广西桂林市五里店路 9 号　邮政编码：541004）
（网址：http://www.bbtpress.com）

出版人：黄轩庄
全国新华书店经销
北京博海升彩色印刷有限公司印刷
（北京市通州区中关村科技园区通州园金桥科技产业基地环宇路 6 号　邮政编码：100076）
开本：889 mm×1 360 mm　1/32
印张：1　　　字数：20 千
2025 年 4 月第 1 版　　2025 年 4 月第 1 次印刷
定价：18.00 元

如发现印装质量问题，影响阅读，请与出版社发行部门联系调换。